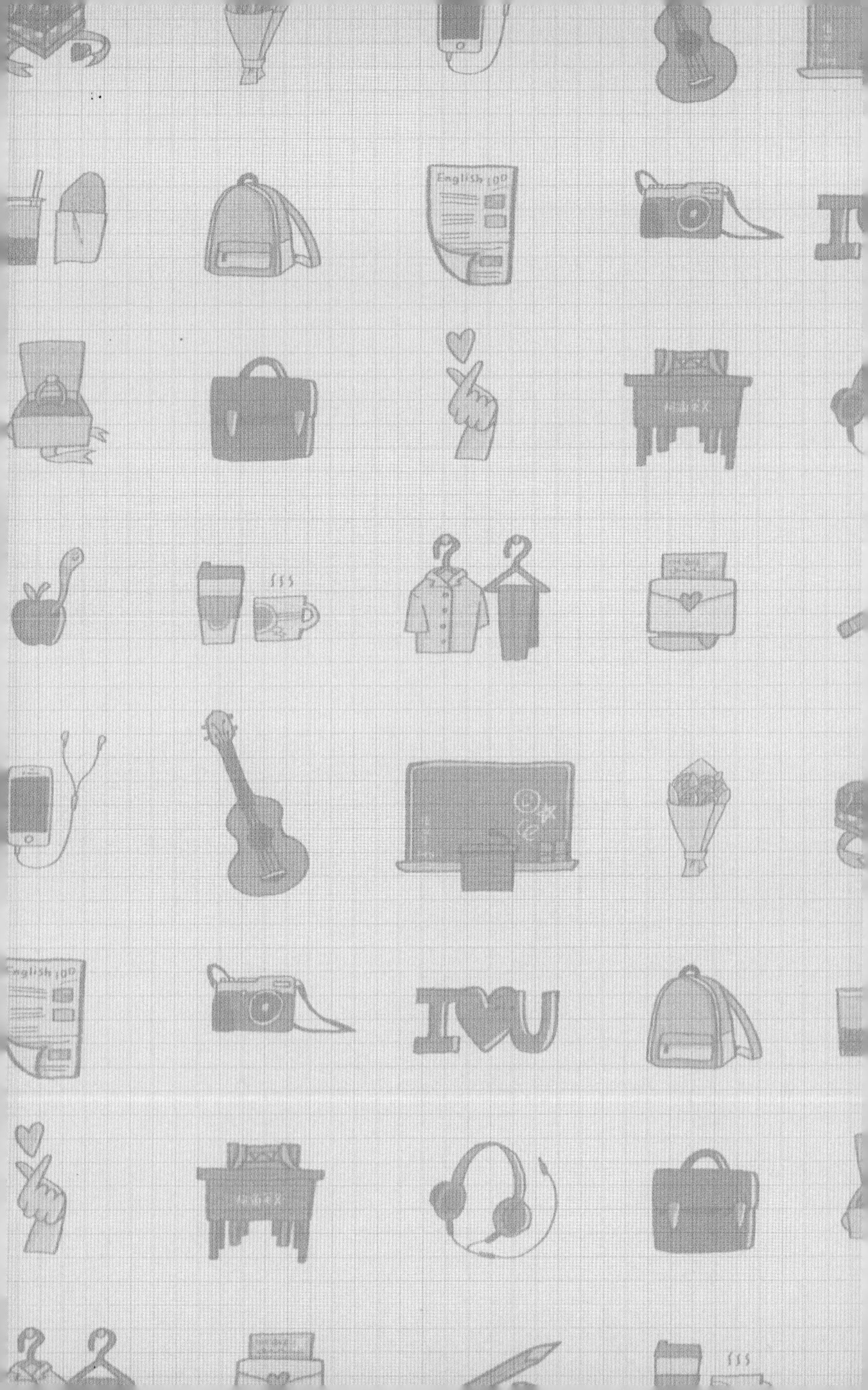

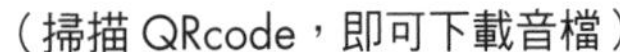

（掃描 QRcode，即可下載音檔）

阿滴、滴妹親自為你朗讀書內對話

PART1 校園**30**滴

PART2 愛情**30**滴

PART3 吐槽**30**滴

PART4 職場**30**滴

PART5 日常**30**滴

IG最夯，學校不教
聊天、搭訕、吐槽都有戲

英語每日一滴

阿滴（Ray Du）著

前言

每日一點一滴，英語整個溜起來

哈囉我是阿滴！想必很多人看到這句話腦子裡會冒出我的聲音。以往都是以影片的形式製作內容，這是第一次透過文字跟大家見面！

英語是每個人從小一定會接觸到的必修「科目」。不過大部分人所熟悉的英文大多是出自英語課本、單字本、雜誌，甚至是考試題庫的英文，因此自然而然地我們對英文的印象就漸漸形成一個「分數」。然而，語言是為了溝通、表達而存在，是架起人與人之間橋樑的契機。若是世界上只有一個人，想必就不需要語言的存在了。不過，因為想要跟人連結、想要產生共鳴，所以我們使用語言。而學習一個外語其實就是開啓了另一個世界的門；「To have another language is to have another soul」，多擁有一個語言，就像是得到一個新的身分與觀點。

學習「語言」應該是充滿驚喜與快樂的！「每日一滴」最初是我在阿滴英文的 IG 帳號上面分享一些自己在生活中會講的英文，沒想到才短短幾個月裡就累積了幾萬個粉絲追蹤我的帳號、每天滑 IG 跟著我學習。看到如此快速成長的數據，讓我發現其實很多人願意吸收這樣的內容，甚至是把這種學習養成了一個習慣。不過也有很多人反應，希望可以看到更多補充的內容以及有聲的例句。

所以在累積了一百多則教學後，我決定把「每日一滴」整理成冊，更有系統地編輯、補充、擴充、錄製有聲檔，以更完整的《英語每日一滴》獻給大衆。

這本《英語每日一滴》的出發點，是希望讓你一點一滴地發現使用英文的趣味。透過簡單、口語化，而且道地的英文短句，搭配令人印象深刻的對話例句，讓你英語整個溜起來！

Ryan
阿滴

CONTENTS

前言　每日一點一滴，英語整個溜起來

想要說什麼，就有那一句……

1 校園30滴

考完試才想到要借我筆記，
要怎麼用英文酸回去？
Forget it ／不用了

社團同學在揪夜唱，趕緊舉手？
Count me in. ／我加一

繳完學費口袋空空，
同學聚餐又想跟，怎麼辦？
Can you spot me? ／
可以先幫我墊嗎？

2 愛情30滴

熱戀情侶才兩小時沒見就思念成河
Wish you were here ／
我好想你

趕了幾百次，還是糾纏不休，
實在受不了只好直接跟他說……
You're not my type ／
你不是我的菜

麻吉被甩，猛灌酒，怎麼勸他才好？
Why bother? ／
何苦呢？

3 吐槽30滴

拜託，惹禍的人明明是他，還有臉講～
Look who's talking ／你好意思

我早就看你不爽了！居然自投羅網
哈哈哈！
You asked for it! ／你自找的

除了賞他白眼外真不知道該說什麼……
Aren't you great ／啊不就好棒棒

4 職場30滴

主管真的很煩，三天兩頭就出新規
定，真以為自己是老闆
You're the boss ／你說了算

明明就是團隊合作的成果，
他卻獨攬功勞
Over the top ／太超過了吧

昨晚吃壞肚子沒能上台簡報，
還好有兄弟罩我
I owe you one ／我欠你一次

5 日常30滴

好友為了姊妹的婚禮，
換了幾十套衣服還搞不定，問我意見
It's up to you ／你決定

新朋友喜感十足，
非常有本事讓我笑到嘴巴發痠
You crack me up ／你超好笑

我們等等要去健身房，你要一起嗎？
I'm game ／我 OK

{人物介紹}

Hi 我是 Ray，要喜歡英文才能學好英文，透過每日一滴跟著我開口說英文吧！

Hi 我是 Ray 的妹妹 Crown，書中還會出現兩位朋友一起演出！

Xiang

Lily

{使用說明}

每日一滴短句：全書分成五個使用情境，總共介紹 150 個實用生活片語

15
Hang in there
撐住啊
Hang in there, the weekend is almost here.
Screw you, it's Monday.
16
Oh crap
噢糟了
How did you do on the test yesterday?
There was a test? Oh crap.

模擬對話：設計輕鬆活潑，容易掌握情緒和表情的生活對話，方便大家清楚理解如何正確使用該片語。

延伸學習：一個單字根據詞性會有一點差別，或是有兩極的表現法，模擬對話不足以說明的部分，就在這裡盡量為大家補充囉。

PART 1

校園30滴

考完試才想到要借我筆記，
要怎麼用英文酸回去？

Forget it　不用了

社團同學在揪夜唱，趕緊舉手？

Count me in　我加一

繳完學費口袋空空，
同學聚餐又想跟，怎麼辦？

Can you spot me?
可以先幫我墊嗎？

校園篇

Forget it

不用了

Do you still want to borrow my textbook?

你還需要借我的課本嗎？

Forget it, the finals are over.

不用了，都已經考完了。

跟 Forget it 意思很接近的就是 Never mind，但是感覺比較凶。有一種「你算了吧你」的感覺。

Nature calls

我想上廁所

Sorry teacher, nature calls.

老師抱歉，我想上廁所。

Every time when it's your turn to answer the question?

會不會太巧了？偏偏都在你要回答問題的時候？

Nature calls 字面上其實是「大自然在呼喚我」的意思。完整的說法是 Answer the call of nature.（回應大自然的呼喚）。

校園篇

Now what?

然後勒

Finally! We're done with college!

終於！我們完成大學學業了！

Now what?

然後勒？

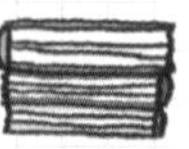

這句話很適合在瞎忙了一陣子之後講，有一種「我們的人生都在幹什麼」的感覺。

Gotcha!

了解

Hey I'm trying to study for my finals here.

嘿！我正在準備我的期末考。

Gotcha! I can help you out.

了解！讓我來幫你。

That was me politely asking you to get lost.

這是我委婉的叫你滾開。

Gotcha 是 got you 的縮寫，除了「懂你」got you 之外，也可以說「懂這件事」got it。

校園篇

You mind?

You mind?

可以不要這樣嗎？

Sorry, I just wanted to know what you wrote for question 3.

喔抱歉，我不過是想要看一下第三題你的答案寫了什麼。

Mind 當名詞中文翻譯成「心思」，當作動詞則是「在意」，比如說 Don't mind 就是「別在意」。所以，You mind? 字面上的意思就是「你不介意吧？」後來才衍生出「請別這樣」的意思。

track 1-06

校園篇

Awesome!

太棒辣

I got my Ph.D degree!

我拿到博士學位了！

Awesome! I got straight D's on my report card.

太棒辣，我成績單上一整排都是 D 耶～

Awesome 實在是太萬用了。另外可以代替「棒」的說法，還有 dope, legit, fantastic 等。

每日一滴
校園篇

Yeah right

最好是

My dog ate my homework.

我家狗狗把我的作業吃掉了。

Yeah right. The homework is 100 pages. Your dog must be stuffed!

是吼。這次作業有 100 頁耶，你的狗現在一定撐死了！

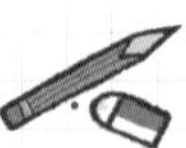

Yeah right 是很經典的正正得負的奇怪用法，yeah 跟 right 都是「好」「對」，但是加在一起就會是諷刺人的「最好是」。

I'm hyped

好興奮

Who's ready to go back to school tomorrow!

誰準備好明天要回學校上課啦！

I'm hyped! Actually no, I want to suffocate myself.

我好興奮！才怪，我想掐死我自己。

Hype 也有炒作和大肆宣傳的意思。用來表現激動的情緒時，還有其他說法，像是 jump on the hype train，意思是跟著一起興奮。

校園篇

Busted

被逮到

I plan on sneaking out of class today.

我打算翹掉今天的課。

Don't! You're going to get busted and fail the class.

不行啦！你一定會被逮到而且還會被當掉。

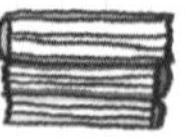

在英文口語裡，bust 當動詞用的時候有「被警察逮捕」的意思。所以，如果有個人想做壞事被你發現，你可以對他說：「Busted!」表示：抓到你了吼～

Take your time

慢慢來

Take your time with the project! It's not like it's due tomorrow.

你可以慢慢做這個專案！又不是明天就要交。

No it's not. It's due tonight.

對，它是今晚要交。

Take your time 還可以加長變成 take your own sweet time，就是「你慢慢慢慢來」，不過聽起來很酸。

track 1-11

校園篇

Count me in

我加一

Who's down for KTV night?
誰想一起夜唱？

Count me in!
我加一！

當然，有 Count me in 就會有 Count me out，意思是「別算我的份」。

12

每日一滴

校園篇

Don't get me wrong

別誤會

Don't get me wrong, you're really a good friend...

你別誤會，我真的把你當朋友……

...but you don't want me on your team.

……你只是不想要跟我同組。

另外一個很類似的用法是No offense。這兩個都可以作為侮辱人的委婉開場白。

校園篇

Don't mess it up!

別搞砸了！

You only got one shot, don't mess it up!

你只有一次機會，別搞砸囉！

Thanks, that's very comforting.

謝囉，你還真會安慰人呢。

這句話可以把動詞 mess 換成 screw，變成跟 don't screw it up 意思一樣，但語氣稍微強烈一點。然後，如果把動詞 screw 換成 f 開頭你知道的那個字，意思也通，語氣加 87 分強烈。

track 1-14

14

For real?

你認真？

I can't believe it! My professor gave me 59 for the required course!

我無法置信教授在這門必修課上給了我 59 分。

For real?

你認真？

For real? 基本上就是 Are you serious? 的更酷、更年輕的說法。

track 1-15

撐住啊

Hang in there, the weekend is almost here.

撐住啊，就快放假了！

Screw you, it's Monday.

你屁啦，今天才星期一。

Hang in there 也可以解釋為「加油」。不過「加油」的語意實在太廣了，只用這個片語無法完整表達，譬如 I'm rooting for you, You can do it 等，也都是「加油」的意思。

Oh crap

噢糟了

How did you do on the test yesterday?

昨天的考試你考得怎麼樣？

There was a test? Oh crap.

昨天有考試？我死定了。

Crap 其實就是「大便」有禮貌的說法，所以，各位應該知道吧？若是想要加強語氣的話，應該替換成哪個字呢？

Use your head

用點腦啊！

Use your head! You could've done so much better on the test.

用點腦啊！你考試成績會好很多。

Shut up. You didn't do all that better than me.

閉嘴啦。你自己也沒考多好。

這句話有一點侮辱人，記住！只能對親密的好朋友使用喔。

Beats me

考倒我了

Wait, which chapter are we on again? I can hardly understand the professor!

誒等等，我們是上到哪個章節啦？我完全聽不懂教授在講什麼！

Beats me, I don't even know which textbook I'm supposed to use.

你考倒我了，我連該用哪本課本都不太確定。

這句的動詞 beat 是「打敗」的意思，所以 beats me 字面上就是「被打敗了」。不過一定要加 s，如果是 beat me，意思會變成「你來打我啊」。

I'm all for it

雙手贊成

Let's just skip class and sleep till noon...

我們翹課好了，睡到中午。

I'm all for it.

我舉雙手贊成。

I'm all for it 有一種我舉雙手雙腳贊成，也就是全身細胞統統 all in 贊成的意思。

track 1-20

校園篇

Don't get me started

別說了

How was your group project? Did you find any good team members?

你的團體報告如何？有找到好組員嗎？

Don't get me started. It's like I'm doing everything by myself!

別說了，我好像是一個人自己在做報告。

這句話是一個很矛盾的說法，字面上是「你別讓我開始」，但意思卻是「我就是要開始大抱怨」。

track 1-21

校園篇

Yaaass

超讚

We're getting a typhoon vacation tomorrow!

明天要放颱風假了！

Yaaaas! I can't wait to stay at home all day.

超～讚！我要整天宅在家裡。

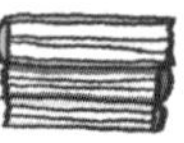

Yas 基本上就是 Yes 的另一種拼法，只有年輕人有臉這樣拼出來。

track 1-22

22

Can you spot me?

可以先幫我墊嗎？

Yo, can you spot me? I forgot my wallet today.

嘿，你可以先幫我墊嗎？我忘記帶錢包。

You forgot your wallet yesterday. I'm beginning to think you don't have one.

你昨天也忘記帶錢包，你真的有錢包嗎？

這句的動詞 spot 是「看著」的意思，一開始是用在健身房舉重時「幫忙 cover」的意思，後來才衍生出「墊錢」的意思。

Way to go!

做得好

Dude... I failed my calculus final exam.

唉，我微積分期末考不及格耶……

Way to go, man! Here's the way to retake the course.

做得好啊！想重修就直說嘛！

Way to go! 是讚美別人表現很好的一種說法，有點像good job。但，上面的例句卻是用來諷刺對方「好樣的」。

track 1-24

24

每日一滴

校園篇

It's hard to say

難說耶

Do you think I'll get a chance to retake the exam?

你覺得我有機會可以重考嗎？

Hard to say... it really depends on the professor's mood.

難說耶……真的要看教授心情。

It's hard to say 基本上只是一個 I don't know 的高竿說法，聽在別人耳裡，會給人一種「你有在思考」的假象。

校園篇

That's really something!

很厲害！

I made it to every single class this semester. No sick leaves or nothing.

我這學期每一堂課都有上到。沒有請病假或是其他假。

That's really something!

很厲害耶！

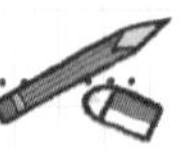

有一次，我講了這句話時，有人回我「What thing?」請不要成為這樣子的人。

I can't make it

我到不了了

Hey sorry, I can't make it today. You'll have to do the presentation yourself.

抱歉我今天到不了了。你可能要自己上台報告了。

What! I have no idea what we're doing at all.

什麼！但是我完全不知道我們在做什麼耶。

這句裡的 make 代表「達到、趕上」的意思，而不是我們熟悉的「做」。如果有人問你會不會做某件事情，請不要回他 I can't make it.

Leave it to me

交給我

They're giving us too much work! I'm overwhelmed.

他們給太多功課了啦！我崩潰。

Leave it to me, I can help you finish everything on time.

交給我，我可以協助你準時做完。

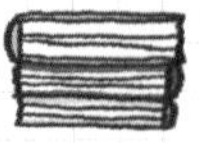

如果只講 Leave it 就會是「別管他了」，所以記得要加 to me 才有很罩的感覺。

track 1-28

28

校園篇

Same here

同感

I have a feeling that the professor won't let us off so easily.

我覺得教授不會這麼簡單就放過我們。

Same here. I'm prepared for the worst.

同感。我已經做好面對最糟的準備了。

我跟滴妹很常說這句話，我們真是太有默契了，很多時候想法會一樣。

校園篇

I'm serious

我講真的

You need to stop sleeping in class, I'm serious!

你不能再一直上課睡覺了，我講真的！

But first, a nap.

好啦，先讓我午睡一下。

I'm serious 中間可以加一個 dead 來加強語氣，「我認真講真的」就變成 I'm dead serious。有點重複講的感覺，但是，這樣才認真啊。

Don't bail on me

不要放我鳥

See you tonight.

今晚見。

Don't bail on me. You'll be sorry if you did.

不要放我鳥喔，你會後悔的。

這句的動詞 bail 有很多意思，包含「從監獄假釋」。在這裡的意思是「令人失望」。

PART 2

愛情30滴

熱戀情侶才兩小時沒見就思念成河

Wish you were here 我好想你

趕了幾百次，還是糾纏不休，
實在受不了只好直接跟他說……

You're not my type 你不是我的菜

麻吉被甩，猛灌酒，
怎麼勸他才好？

Why bother? 何苦呢？

track 2-01

I'm all ears

洗耳恭聽

I just broke up with my boyfriend...

我跟男朋友分手了……

I'm all yours. I mean, I'm all ears.

我是你的了。唉，我的意思是，說來讓我聽聽吧。

I'm all ears 字面上的意思是「我全部都是耳朵」，可以想像成一個只會聆聽的耳朵人。而 I'm all yours 意思是「我是你的」，目的是表現出與 I'm all ears 押韻的趣味。

Don't hold your breath

期望別太高

Babe, it's our anniversary tomorrow.

北鼻！明天是我們的週年紀念日！

Darling, don't hold your breath.

達令，期望別太高。

Don't hold your breath 字面上的意思是「不要憋氣」，可能是因為有些人會太期待而忘記呼吸吧。

track 2-03

愛情篇

Nice try

算了吧你

Will you give me your number if I buy you a drink?

如果我請你喝一杯，你可以給我你的電話號碼嗎？

Nice try.

算了吧你。

這一句其實完整版應該是 Nice try but you wish，整句的意思就會是「哇這招不錯呦，但想得美。」如果對方聽不懂，就只好把 but you wish 整句説出來吧。

不客氣

Thanks for driving me home.

謝謝你載我回家。

I love you. I mean, anytime.

我愛你。啊不……我是說，不客氣。

Anytime 是「任何時候」的意思。不過，當有人跟你說謝謝的時候，你也可以回他 Anytime，表示「不客氣」或是「隨時歡迎」的意思。

Now or never

現在馬上

It's now or never Xiang.

翔，要不就現在，要不就拉倒！

That's not how you ask a man to propose to you.

想暗示我向你求婚也不是這樣的吧。

這句會讓我聯想到另一個短句 Never say never（絕對別說絕不），也是小賈斯丁有點屁孩的一首歌。

Sort of

大概吧

I love you!

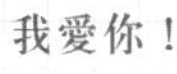

我愛你！

I love you too... sort of.

我也……愛你。大概吧。

了解更多

Kind of 跟這句話同義，sort 跟 kind 都是「類別」，所以字面上都是「類似」之意。

Why bother?

何苦呢

I'm gonna go try my luck with that girl over there.

我要試試運氣去把那邊那個女生。

Why bother? You know what'll happen.

你知道你一定會被打槍，何苦啊？

Why bother 直翻的話就是「幹嘛麻煩」，所以要是有個人跟你說他要做一件吃力不討好、熱臉貼冷屁股之類的事情，你可以跟他說 Why bother?（幹嘛給自己找麻煩？何苦呢？）

每日一滴
愛情篇

Live with it

接受

I don't think I can live with your action figure collection.

我覺得，我沒辦法接受你收集這麼多公仔。

Well, try harder.

那你就再努力試著接受吧！

Live with sth. 字面上是「和⋯⋯生活」，但實際卻有「忍受」和「接受」的意思。所以，如果一個人說「I can live with it.」代表某件事情沒有糟到不能接受。

Not technically

不完全是

Who is the girl with you? Is she your girlfriend?

在你旁邊的那個女生是誰？你女朋友嗎？

Not technically. She's my ex.

不算是。她是我前女友。

這句話有種奇特的意味，字面上表達「不是」，但卻隱約傳達出「有某部分是」。通常來說，講完這句話就會解釋成「哪裡，不完全是」。

track 2-10

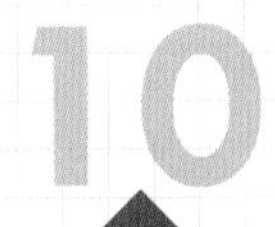

I'm here for you

有我在

Why is everything against me?
I can't take it anymore.

為什麼我諸事不順？我快受不了了。

Don't worry, I'm here for you.

別擔心，有我在。

這句話江湖一點的說法，就是 I got your back，即「有我在，我罩你」的意思。

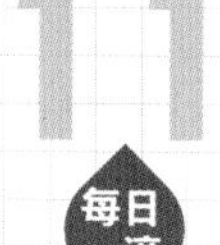

track 2-11

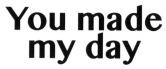

You made my day

心花朵朵開

Why are you so happy?

你怎麼這麼開心？

Your smile alone can make my day.

光是你的笑容就讓我心花朵朵開。

這句話的動詞 make，在這裡不是製造，而是接近 make something great 的意思，所以就是「你讓我的一天變美好了」。

If only

如果……就好了

If only you knew how much I think about you.

如果你能知道，我有多在意你就好了。

I'm not sure if that's sweet or creepy.

我不知道你這話是甜蜜，還是令人毛骨悚然。

可以多重解釋「如果～可能」「如果我～可惜沒」「如果～只剩下結果」。

加油

I'm gonna go ask for her number.

我要去問她的號碼。

Go for it! I want to see you get slapped.

加油！我想看你被甩耳光。

加油真的是一個很難翻譯成英文的說法，Go for it 只包含其中「去做吧」的層面。另外 Hang in there「撐著點」、I'm rooting for you「我挺你」、More power to you「幫你打氣」等，都可翻譯成加油。

14

每日一滴
愛情篇

Whatever you say

隨你便

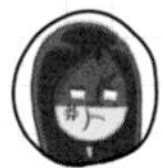

Buy that bag for me or I'll date your brother!

幫我買那個包包，不然我就去跟你弟弟約會！

Whatever you say...

隨你便……

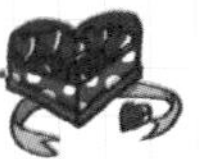

簡短的說法是 Whatever，隨句附贈超大白眼。

track 2-15

愛情篇

You're the best!

你好棒

Look what I bought for our anniversary!

你看看我週年紀念日買了什麼！

It's the dress I've always wanted! You're the best!

是我一直想買的裙子！你好棒！

偶爾在傳簡訊時，為了節省時間和看起來口語一點，很多外國人會把這句話寫成 You da best!

track 2-16

16

愛情篇

You're not my type

你不是我的菜

What do you think of me?

你覺得我如何？

You're really nice and considerate and reliable, and not my type.

你真的人很好、又體貼、又可靠，但不是我的菜。

Type 就是「你喜歡的類型」，所以 not my type 就是「不是我的菜」。

You're my bae

你是我的寶貝

You're my bae. Before anyone else.

你是我的寶貝，我的第一順位。

Oh sorry, you come after Justin Bieber though.

喔對不起，你的順位在小賈斯丁後面喔。

Bae 是最近流行「寶貝」的說法，它不只跟 babe 發音類似，也是 before anyone else 的縮寫。

track2-18

It's complicated

事情很複雜

Why are you crying?
What's wrong?

你為什麼在哭？怎麼了？

It's complicated, just hold me.

事情很複雜，抱著我就好。

臉書上的感情狀態設定有個選項是It's complicated，也就是所謂的「一言難盡」啊……

愛情篇

Here we go again

又來了

Who are you texting! I don't know this girl!

你在密誰！我不認識這女的！

Here we go again...

又來了……

這句話少了 again，意思就只會是「我們出發吧」，或是「我們開始吧」。加上 again 就有「我們又要開始了嗎？」帶有很不耐煩的意味。

20

Pick your battles

別跟他吵

You guys are together for 8 years? Any tips?

你們倆怎麼能在一起八年？有什麼祕訣嗎？

Just pick your battles, and put the toilet seat down.

就別跟她吵，還有記得把馬桶蓋放下。

這句的動詞 pick 是「挑選」，所以字面上就是「選擇性的吵架」。Picky 的話，則是形容詞「挑剔」。

track 2-21

愛情篇

Believe it or not

信不信由你

Believe it or not, I was really working late yesterday.

信不信由你，我昨天晚上真的在加班。

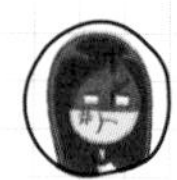

Yeah? Then explain the drunk text messages.

這樣啊，那解釋一下，為什麼傳給我這麼多丂一尢掉（喝掛了）的訊息？

這句話通常用在你要說服別人一件很不可信的事情時，可以加在前面，然後——可信度完全不會提升。

Chill out

冷靜點

Chill out! It's not a big deal!

冷靜點，沒什麼大不了的嘛！

You forgot my name! How is that not a big deal?

你忘了我的名字耶！這怎麼會是沒什麼大不了？

這句的動詞 chill 是「冷凍」，後來衍生出「冷靜」的意思。除了冷靜，chill 當作形容詞也是「很酷」的意思。

track 2-23

愛情篇

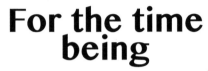

For the time being

只是暫時的

I can't believe you're leaving me.

你居然要離開我。

It's only for the time being. I'll be back in no time.

這只是暫時的。我很快就會回來的。

看到「暫時的」往往第一個聯想到的是 temporary 這個字，雖然 It's only temporary 沒什麼不對，但通常會說 for the time being 比較順口。

24

track 2-24

每日一滴
愛情篇

Don't give me that

別這樣

You know what? Whatever!

隨你便啦！

Don't give me that. Let's work this out together.

別這樣。我們一起解決問題好嗎？

這句話的語氣很嗆，有一種「你別給我來這套」的感覺，要小心使用！

track 2-25

愛情篇

滿意了嗎？

You never say 'I love you'!

你從來都不說愛我！

I love you. There, I said it. You happy now?

我愛你。諾，我說了。滿意了嗎？

諷刺的是，通常聽到這句話的人都不會太開心。

track2-26

26

每日一滴
愛情篇

I'm dying to see you

我好想見你

Where are you? I'm dying to see you.

你去了哪裡！我好想見你。

Err, I'm just using the toilet.

額，我只是在上廁所。

字面上的意思就是：想見你想到快死掉了。由此可見，你有多想要見到某個人，連命都快沒了。

track 2-27

我會補償你的

I'm so sorry, I'll make it up to you.

對不起，我會補償你的。

Sure. I heard that the new iPhone is awesome.

好哇，我聽說新的 iPhone 很不錯。

這句的動詞 make it up to someone，就是「補償某人」的意思，但是如果只有make it up，那就會是「編造」的意思。

track 2-28

28

愛情篇

沒事的

I'm not sure if I can take it, I'm about to break.

我覺得我快撐不住了，我要崩潰了。

Everything's gonna be alright, I'll be right here for you.

沒事的，我就在這裡陪著你。

就像是獅子王裡的＜Hakuna Matata ＞這首歌，如果想要安慰人，這句話會很暖心！

track 2-29

愛情篇

You have my word

我答應你

Do you promise to never contact your ex?

你答應永遠不會再跟前女友聯絡？

You have my word.

我答應你。

這句話字面上的意思是「我的話是你的了」，也就是你做了一個承諾，保證、答應了一件事。

track 2-30

30

愛情篇

Wish you were here

我好想你

How's England? Having fun there?

英國如何？好玩嗎？

Yeah heaps! Wish you were here though!

超好玩！但是好想你喔！

這句字面上的意思是「多希望你就在這裡」，使用 wish 是因為它是一個不可能實現的願望，所以意思就是「好想你」。

PART 3

吐槽30滴

拜託，惹禍的人明明是他，
還有臉講～

Look who's talking　**你好意思**

我早就看你不爽了！居然自投羅網哈哈哈！

You asked for it!　**你自找的**

除了賞他白眼外真不知道該說什麼……

Aren't you great　**啊不就好棒棒**

track 3-01

沒唬你

I shit you not, I was once attacked by a bear this big!

幹，我沒騙你！我有次被那麼大隻的熊攻擊誒。

Hopefully next time he finishes the job.

希望他下次能給力點把你打死。

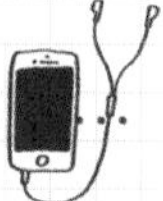

這句話是從 I kid you not 的句型來的，kid 是開玩笑，所以改成 shit 之後變得更粗魯一點。

track 3-02

吐槽篇

Just saying

我的觀察啦

You're spending too much money on your cat, just saying.

你在貓咪身上花太多錢了，我的觀察啦。

I knew it. You're a dog person.

我就知道，你比較愛狗狗。

這句話基本上就是個激怒人的廢話。字面上的意思就是「我只是說說」，但是你說這句話時，通常是已經把所有想講的話都講完了。

What's up!

安安

What's up!

安安。（什麼在天上？）

The sky.

天空。

What's up 字面上的意思就是「什麼在上面」，所以例句裡才會回答「天空」。

track 3-04

Case closed

少廢話

Alcohol is your enemy.

你現在最大的敵人就是酒精。

Jesus said 'Love your enemies'. Case closed.

耶穌說過「要愛你的仇敵」，所以少跟我廢話。

這裡的 case closed 有點像是一個偵探結案的感覺，也就是「結論已經定了」的意思。

吐槽篇

Like I care

我沒差

I'll jump out the window if you don't buy me the bag.

要是你不買這個包包給我的話，我就從窗戶跳下去！

Like I care.

隨你便，我才不在乎。

這句話蠻有火藥味的，要小心使用。如果想要更激烈一點可以說 Like I give a shit。

track 3-06

你自找的

Hey, can you be really honest with me?

嘿，你可不可以實話實說？

You asked for it! Grab a chair.

你說的喔～坐坐坐！讓我娓娓道來……

這句話其實也可以是帶有負面意義的。例如，某個人真的很白目，你用力揍了他一拳，他問你說：「What was that for?」而你回答：「You asked for it!」毫不避諱地表示「你活該啦！」

Look who's talking

你好意思

You should pull yourself together, you're a mess.

振作一點好嗎？看看你現在什麼樣子。

Look who's talking!

你好意思！

這句話是在諷刺「看看誰有臉講話」，意思就是那個人本身就是問題的根源。

Bitch please

喔拜託

Are you sure you can do it?

你確定你可以？

Bitch please, I got this!

喔拜託，安啦！

這句話應該不用我提醒了，只能跟好姊妹或是好兄弟說，以免得罪人。

You better

你最好

Look at you, you're a joke. Hahaha!

你看看你，你根本就是個笑話，哈哈哈！

You better laugh while you still have teeth.

你最好趁還有牙齒的時候趕快笑……

You better 通常後面會加not 來表示「你最好不要……」，例如：You better not mess with me.（你最好不要惹我）。

10

Not a fan

不喜歡

I would like to think I'm a morning person.

我覺得我是早起的人。

I'm not a fan of the morning. Or of you.

我不喜歡早起，也不喜歡你。

這句的名詞 fan 是粉絲，所以 not a fan 字面上的意思是「不是粉絲」，也就是不喜歡的意思。

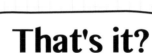

track 3-11

吐槽篇

就醬喔

Wait! That's it?

等等！就醬喔？

Yup. I only give 5-second massages.

嗯哼。我只提供五秒鐘的按摩服務。

That's it 加上問號或是驚嘆號意思差很多喔！想知道加上驚嘆號是什麼意思請參考p.154（日常篇）

track 3-12

12

每日一滴 吐槽篇

廢話

Sorry for calling you so late, were you sleeping?

不好意思這麼晚打給你，你在睡覺嗎？

You don't say! It's 3 a.m.

廢話！現在凌晨三點耶。

這句是諷刺的用法，有種「你不說，我都不知道」的意思，但是其實就是指「你廢話喔」。

Are you nuts?

你瘋啦

Are you nuts? Why did you tattoo your face?

你瘋啦？幹嘛在臉上刺青？

Hello Kitty for life.

一日 kitty，終身 kitty。

Nuts 本來是「堅果」，但是不知道為什麼後來有「瘋掉」的意思。動詞是 go nuts（發瘋）。

Dammit!

靠夭

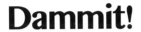

Dammit! Did I leave the stove on?

靠夭！我是不是忘記關瓦斯爐！

I hear sirens.

我好像聽到消防警報。

Dammit 是 Damn it 的縮寫，也就是「詛咒這個東西」。更完整的說法是 God damn it。

Outta my way

別擋路

Take a look at our Disney pens.

來看一下我們的迪士尼認證筆。

Outta my way, I'm late for class!

別擋路，我上課要遲到了啦！

Outta 是 out of 的縮寫，更完整的說法是 Get out of my way。不過，通常你叫人閃開時，是沒有這麼多時間好好講完整句話的！

16

I told you so

我早說過了

I hate to say 'I told you so' but...

我真的很不想說「我早說過了」這句話，可是……

Then don't. Just shut the hell up!

那就別靠夭了，閉上你的嘴就好！

通常講這句話的時候都要搭配很討人厭的表情跟語氣。目的就是要讓對方知道你是對的，但是因為被惹怒而不承認。

track 3-17

I don't give a shit

我不在乎

Did I tell you about that time my boyfriend surprised me with a romantic dinner?

我有跟你說過，有一次我男友準備了驚喜晚餐嗎？

Before you start, you should know that I don't give a shit.

你開始講之前，我只想先說⋯⋯ 關我屁事。

這句話非常激烈，請小心使用，然後不要說是阿滴教你的。

track 3-18

18

吐槽篇

What did you expect?

不然勒

I can't believe there's no wifi!

我不敢相信這裡竟然沒 wifi！

What did you expect? You're on Mount Everest.

啊不然勒，這裡是聖母峰。

面對要求很多或是愛抱怨東抱怨西的朋友，可以常用這句話，讓他閉嘴。

Aren't you great

啊不就好棒棒

Look, I landed a perfect toss into the trash bin.

你看！我剛一個完美投球進了垃圾桶！

Aren't you great.

啊不就好棒棒。

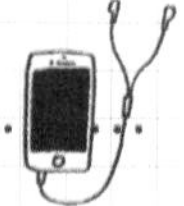

每次教國高中生這句話，他們都會很興奮地說，待會兒要對誰誰誰說這句話。學以致用果然是學好語言的最大關鍵。

track 3-20

20

Not interested

沒興趣

I got us tickets to the Laker's game.

誒我有湖人隊比賽的門票！

Not interested.

我沒興趣。

記得不要說成not interesting哦！這樣會是在說「這件事完全不有趣」，那可就有點糗了！

track 3-21

吐槽篇

I can't even

我無言

Your joke is so lame I can't even.
你的笑話超爛我完全無言。

Wow thanks for being so supportive.
哇謝謝你這麼捧場。

這句話其實只說了一半，其中省略了I can't even 後面的動詞，比如說I can't even speak（說話）；I can't even comprehend（理解）等。意思是表達一個「無法置信的無言狀態」。

22

What's so funny?

笑屁？

What's so funny?
你笑屁？

Not you, so shut the hell up.
不是在笑你，你乖乖閉嘴。

這句話除了問「有什麼好笑的」之外，語氣上也會讓人覺得你有點不開心。不過，不懂大家的笑點的確就是會被邊緣化……

23

track 3-23

吐槽篇

You're wasting your breath

你在浪費時間

In my opinion...

我覺得……

You're wasting your breath.

I didn't ask for your opinion.

你在浪費時間，我根本沒問你意見。

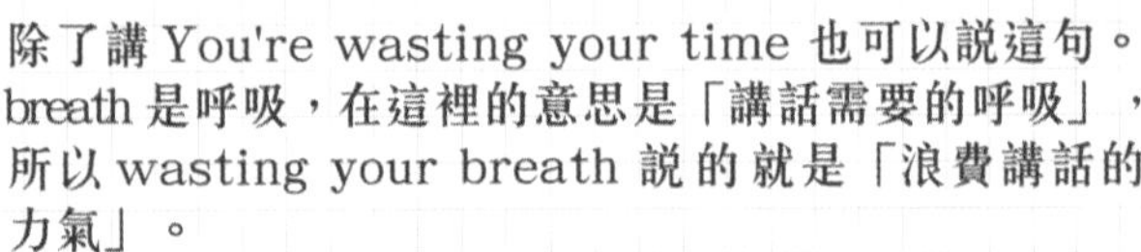

除了講 You're wasting your time 也可以說這句。breath 是呼吸，在這裡的意思是「講話需要的呼吸」，所以 wasting your breath 說的就是「浪費講話的力氣」。

track 3-24

24

每日一滴

吐槽篇

I couldn't care less

關我屁事

Did you see the pictures I took when I was traveling in Europe?

你有看到我在歐洲旅遊的那些照片了嗎？

Wow you know what? I couldn't care less.

哇你知道嗎？關我屁事。

I don't care 是一個大家都知道的講法，這句的意思更直白、更接近「我不在乎的程度已經無法再低了」。

For god's sake

天殺的

For god's sake, how many times must I tell you to clean your room!

天殺的，我到底要叫你整理房間幾次啊！

One more time.

我下次整理。

這個用法跟美國人基督教背景十分相關。不過，有些人會把這個視為是，「濫用神之名」的一種髒話，所以要謹慎使用。

26

About time

終於

I'm ready! Let's go!

我好了！出門！

About time, took you like 3 hours to get ready...

終於……你花了三小時才準備好。

冷知識：《About Time》也是滴妹最喜歡的電影《真愛每一天》的英文片名。

track 3-27

I can't get this damn thing off my shoes.

我鞋子上黏了個東西弄不掉。

Just leave it, we have a long day ahead of us.

不要管了，我們今天還有很多事要做。

這句的動詞 leave 在這裡是「放著」的意思，所以字面上的意思是「放著它別動」。如果這句後面再加個 be 變成 leave it be，意思會是「隨它去吧」。

track 3-28

28

Grow up!

少幼稚了

Why can't you just grow up?
你少幼稚了！

Why can't you just shut up?
你閉嘴！

這句很直接的叫人「長大」，是用來諷刺某個人的行為舉止像小孩，很幼稚的說法。

每日一滴

吐槽篇

Good luck with that

祝你好運

I'm going to study art!

我要讀藝術！

Good luck with that.

祝你好運。

這句跟Good luck 雖然只有差兩個字，但是意思差很多。Good luck 單純是祝人好運，但是Good luck with that 有種「我覺得你應該做不到，所以祝你好運」的感覺。

track 3-30

吐槽篇

Fascinating

嗯

I just came back from a shopping spree. Look at all the things I bought!

我剛剛去血拚回來了，看看我買的這些東西！

Fascinating.

嗯。

Fascinating 原本是「令人驚豔」的意思，但是現在常常被用來句點人。當你越覺得他無聊，越可以說 Fascinating。

PART 4

職場30滴

主管真的很煩，三天兩頭就出新規定，
真以為自己是老闆

You're the boss 你說了算

明明就是團隊合作的成果，
他卻獨攬功勞

Over the top 太超過了吧

昨晚吃壞肚子沒能上台簡報，
還好有兄弟罩我

I owe you one 我欠你一次

track 4-01

你做得到

It's Monday again.

又是憂鬱的星期一了。

You'll make it! Only 5 full days to the weekend!

你做得到！只要再過五天就是週末啦！

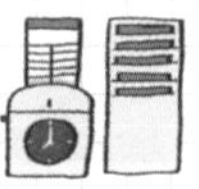

Make 有很多種意思，這裡是指「準時達到」，比如要趕上搭公車的時間之類的。所以，You'll make it 就可以解釋成「你可以趕上」的意思。

track 4-02

我挺你

I want to slap our boss right across the face.

超想一巴掌甩在老闆臉上！

I'm with you! Let's go lose our jobs.

我挺你！工作丟了就算了。

這句話簡潔有力。與其說 I will support you，不如直接說 I'm with you（我會跟你一起）更有魄力。

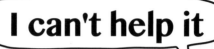

track 4-03

I can't help it

無能為力

I don't want to start another argument with you.

我不想再跟你爭執了。

And I can't help it that I'm right every time.

沒差，反正我永遠是對的。

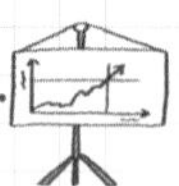

跟這句話很類似的用法是I can't help but +動詞，就是「我不得不做某件事」，比如說I can't help but watch Ray's videos。

Don't suck

別搞砸了

I'm so nervous.

我好緊張。

I know but your promotion depends on it, don't suck.

我知道，但你能不能升官就看這次了。別搞砸了呀。

這句話，字面上雖然是「不要爛」的意思，但實際上是想表達「不要擺爛，努力一點」。

Put me on the spot

讓我難堪

Don't ever put me on the spot like that again.

以後不要再這樣當眾讓我難堪。

Are you serious? I just asked you for a simple self introduction.

你認真？我只是請你做個簡單的自我介紹耶。

如果把 spot 解釋為 spotlight，那就是「把人放到聚光燈下」。要是有人突然這麼做了，當然就會讓對方很難堪啦！

track 4-06

職場篇

How's everything

近來可好

It's been too long! How's everything?

嘿，好久不見！最近過得如何？

I won't give you a dime.

我一毛錢都不會給你的。

不要只會講「How are you?」，或是只會回答「I'm fine, thank you」，以後想要問候人可以換說「How's everything?」

職場篇

Over the top

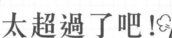

太超過了吧！

Don't you think what my boss said at the meeting yesterday was too over the top?

你不覺得老闆昨天開會說的話太超過了嗎？

Yeah, I can't believe he called us idiots in front of everybody.

對啊，我不敢相信他在大家面前罵我們白痴。

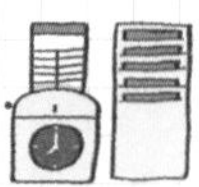

Over the top 字面上的意思是「超過頂端」，所以以此類推，就是太超過的意思。

Off the charts

破表

Our sales this season is off the charts!

我們這一季的銷售量破表啦！

Our salary is pretty much the same though.

不過我們的薪水好像差不多。

常見的翻譯錯誤多半都是直譯，就以「破表」為例，不能翻成Break the charts，而要講Off the charts才對。你可以想成，有一種數據太高，超過表定範圍的感覺。

How come?

怎麼會呢？

I think I'm going to be fired.

我覺得我會被開除。

How come? I can think of at least 3 other people that suck at their jobs more than you.

怎麼會呢？我至少想得出 3 個做得比你更糟的員工。

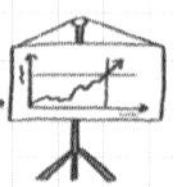

其實 How come 就是 Why。至於，為什麼明明可以用一個字搞定，卻偏要講兩個字呢？這個問題就留給各位自己思考囉。

track 4-10

10

職場篇

I'm working on it

我在努力了

Your English is terrible.

你的英文也太差了吧。

I'm working on it. I'm following Trump on Twitter.

我在努力了啦，我有在推特追蹤川普。

當你有什麼事情沒有做好時，就可以拿這句話來搪塞別人。

track 4-11

現實點

I hope we'll go to Japan for the company trip.

希望公司旅行可以去日本。

Get real. More like Hualien.

現實點。有花蓮就不錯了。

關於real，還有一個用法是Keep it real，意思是「做最真實的自己」，不過現在使用這句可能會讓人覺得屁孩味很重。

12

Count on me

I'm having trouble with this case, can you help me out?

這個案子我有點卡住，你可以幫我嗎？

Count on me. But I'll make sure I get all the credit.

包在我身上。但是我會讓所有人知道是我的功勞。

在這裡 count 的意思不是「數數字」，而是「依賴」。所以，count on someone 就等於是 rely on someone。

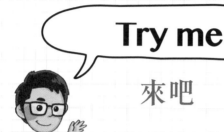

每日一滴

職場篇

Try me

來吧

I'm really bad at presentations.

我超不會做簡報的。

Try me, I've survived worse.

來吧，我經歷過更糟的。

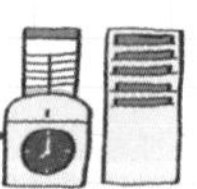

Try me 依照不同口氣會呈現兩個極端的意思，一個是讓人感覺你在挑釁，另一個則是覺得你很有耐心。

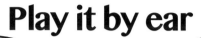

Play it by ear

隨機應變

I've never done this before, let's play it by ear.

這是我第一次幹這種事，我們就隨機應變看著辦吧。

Oh yeah, I've never asked for a raise before too.

嗯好。要求加薪，我也是第一次。

這句話字面上是「跟著耳朵彈奏」，來源是在彈奏樂器時用感覺彈而不是照譜彈，所以才有「隨機應變」的意思。

The way I see it

我認為

The way I see it, this proposal is just a mess.

我認為這個提案簡直是一團亂。

Just admit you're not smart enough to understand it.

你就承認你智商不足，聽不懂吧。

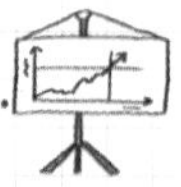

學了這句以後想講「我認為」，就不會光是用I think開頭了。

track 4-16

職場篇

Figure it out

搞懂

I'm having trouble with the numbers for this quarter, some help?

這一季的數據有點難整理，可以幫幫我嗎？

Figure it out, it's not rocket science.

自己搞懂，這根本不難。

除了 figure it out，想表達搞懂某件事時，還可以說 get it straight。

職場篇

Gimme a break

饒了我吧

Here. Twenty more folders for you to go through before today.

這給你。還有20份資料今天前整理好。

Gimme a break... it's already 7.

饒了我吧……現在已經七點了耶。

Gimme 是give me 的縮寫，而break 原本是「休息」的意思。所以give me a break 字面上是「讓我休息一下」，後來才衍生為「饒了我吧」。

18

I owe you one

我欠你一次
(人情)

Thanks for the help! I owe you one.

謝謝你的幫忙!算我欠你一次。

You owe me more like sixty now.

你好像已經欠我 60 次了吼。

這句的動詞 owe 是虧欠的意思,所以 owe you one 就是欠你一次的意思。

track4-19

There's no point

沒用的

I'm gonna file a complaint to HR.

我要向人資提出抱怨。

There's no point, it'll just go right into the shredder.

沒用的，那只會進到碎紙機裡。

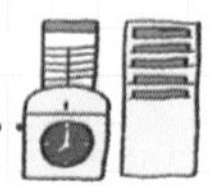

這句的名詞 point 說的是「重點」也是「意義」，所以 There's no point 就是「沒有用」，跟 What's the point? 是一樣意思。

20

每日一滴

職場篇

Keep your chin up

不要灰心

I can't believe I just lost another client.

我居然又丟掉了一個客戶。

Keep your chin up, at least you haven't lost your job.

不要灰心，至少你還沒丟掉工作。

這句話字面上的意思就是「把你的下巴抬高」，不是要避免雙下巴，而是要鼓勵人不要垂頭喪氣，所以意思就是「別灰心」。

track4-21

職場篇

Bottoms up!

乾杯！

Thank you for all your hard work this year. Bottoms up!

謝謝你們今年的努力。乾杯！

To an even better year!

敬更好的一年！

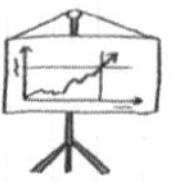

這句的名詞bottom是指杯子的底部，所以底部朝上，就是乾杯的意思啦。

You're the boss

你說了算

Starting today, let's shorten our lunch break to 30 minutes to improve work efficiency.

從今天起，我們午休時間縮短為 30 分鐘，提高工作效率。

You're the boss...

你說了算……

這句話不一定要對老闆講，只要是任何在發號施令的人都可以這樣對他說。這句話帶有「好吧，我也只能聽你的了」的語意。

track 4-23

職場篇

Get to the point

說重點

Get to the point! This meeting is going nowhere.

說重點！這整個會議超沒方向的。

I haven't figured out what my point is.

其實我也還沒搞清楚，我的重點到底是什麼？

美國人很喜歡講 point 這個詞，就上面例句的用法，中文直譯就是「重點」。所以 get to the point 就是要你趕快講到重點的意思。

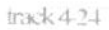

24

職場篇

A pain in the neck

很煩人

He's such a pain in the neck. He's got an opinion for everything I do.

他真的很煩人。我不管做什麼他都有意見。

That's what they call management.

所謂主管就是這樣吧。

除了講 a pain in the neck 之外，也可以說 a pain in the butt。不過，就只有這兩個地方使用痛會有「煩人」的意思。如果說成其他部位痛，就真的單純是說那個地方在痛了。

See to it

確保

Can you see to it that everyone gets this memo?

你可以確保公司所有人都看到這項通知嗎？

Everyone? We have 500 employees!

所有人？我們公司有 500 人耶！

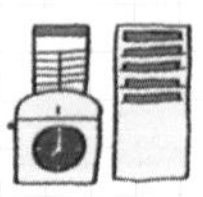

See to it 其實跟 make sure 的意思一樣。see 除了「看」之外，也有「注意、保證」的意思。

track 4-26

I'm done for

我死定了

I just lost a huge client. I'm done for...

我今天失去了一個重要的客戶，我死定了……

So that's why the boss is in a bad mood today.

難怪今天老闆心情這麼差。

這句的動詞done for 搭配一起出現，就不是「做完」，而是「完蛋」的意思。不要跟 I'm done 混淆囉。

track 4-27

職場篇

Fire away

開始吧！

We are ready to present our annual performance report.

我們準備好要報告公司今年度的表現了。

Fire away. I have my alcohol ready as well.

開始吧！我的酒也準備好了。

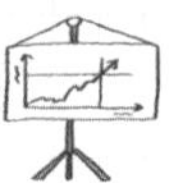

這句話本來的意思是「自由開槍」，所以才會有fire這個單字。後來才衍生出「自由的發表言論」。

28

I'm impressed!

做得很不錯

This is the fifth version of the logo.

這是第五版的 logo。

I'm impressed! It looks great. Yeah and can you adjust it a little bit right here...

做得很不錯！看起來真棒。嗯對，但是你這裡可以再調整一下嗎……

Impressed 後面也可以加上 by something，明確地表達是因為什麼，而讓你刮目相看。

track 4-29

My bad

是我不好

You left me with a mess!

你把事情搞砸才要我收拾！

Oh, my bad. I thought you were smart enough to handle it.

喔，是我不好。我以為你有足夠的智商解決這些問題。

說這句話的時候，感覺上就是要配個吐舌頭，然後用不太誠懇的語氣來說。

Suck it up

不要抱怨

What am I supposed to do with all these overdue work?

有這麼多累積的工作，我到底該怎麼辦？

Suck it up and deal with it.

不要抱怨，趕快做事。

Suck 當動詞時，意思是「吸」所以 Suck it up 就有點像是說，把你的不滿先全部吸進身體裡面，繼續完成工作比較實在。

PART 5

日常30滴

好友為了姊妹的婚禮，
換了幾十套衣服還搞不定，問我意見

It's up to you　你決定

新朋友喜感十足，
非常有本事讓我笑到嘴巴發痠

You crack me up　你超好笑

我們等等要去健身房，你要一起嗎？

I'm game　我 OK

track 5-01

日常篇

Help yourself

隨意

Hey can I get some of that candy?

嘿！那些糖果我可以拿一些走嗎？

Help yourself. It's not even mine.

隨你便啊。反正不是我的。

這句話直翻就是：幫幫你自己。換句話說，就是「請自便」的意思。

That's neat

不錯喔

I heard it was your birthday... that's neat.

聽說今天你生日……？不錯喔。

You're supposed to say 'happy birthday'.

應該是要說「生日快樂」吧！

這句的形容詞 neat 原本意思是「整齊」，在這裡是衍生為「很不錯」。

等一下

Hold up. I'm in the middle of something.

等一下，我還有事要忙。

You are just taking a nap.

你明明只是在睡午覺。

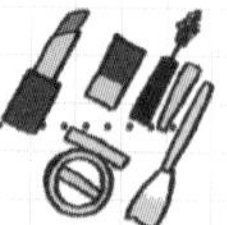

還有另一個說法是hold on，不過 hold on 還有另一個意思是「扶著某個東西」，像是 hold on to the handrail（握好把手）。

04

track 5-04

日常篇

I'm good

不用了

Do you want more food? You look hungry.

你要再多吃一點嗎？你看起來還餓耶。

I'm good! I've had six bowls already.

不用了啦！我已經吃六碗了。

這句不要會錯意，不是字面上「我很好」而是「我現在這樣就很好了」的意思，所以是在說「我不用了」。通常是在禮貌性婉拒別人的好意時會說的話。

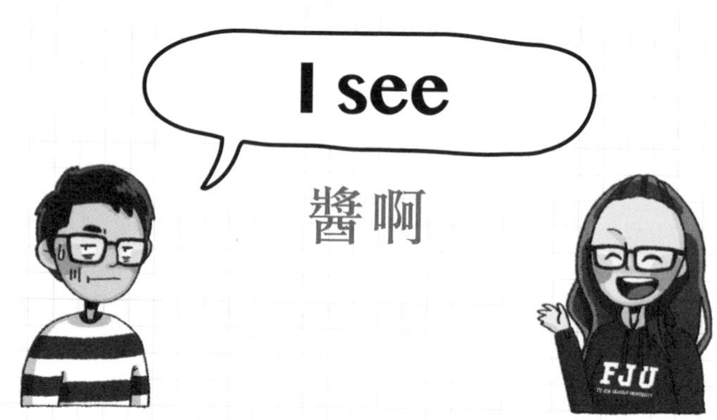

If you close your eyes you can't see anything.

閉上眼睛的話，你將看不見任何東西。

I see.

醬啊。

例句裡的I see是雙關語，有「醬啊」的意思，同時也呼應前面，關於閉眼睛就看不到東西的屁話。

On my way

路上了

Where are you? You should've been here ages ago!

你到底在哪啊？你不是早該到了嗎！

I'm on my way! Just give me 5 more hours!

我在路上了啦！再給我五小時就好！

這句話也很常被縮寫為omw，看到的時候可以答You have 5 minutes。

Cut it out

不要這樣

Your forehead is so round...

你的額頭好圓喔。

Dude cut it out...

老兄，哩馬麥啊ㄋㄟ……

最直接的講法就是Stop it!，不過Cut it out能更明確地告訴對方「請停止某個行為，因為真的很煩～」

You bet

那當然

Would you like the last piece of pizza?

你想要最後一片披薩嗎？

You bet!

那當然！

這句的動詞 bet 原本是「賭注」的意思，在這裡的意思是「當然」，可能是因為這件事太篤定了，所以要賭錢也沒問題。但問題是，他是要你賭錢 You bet 而不是自己賭……。嗯，反正就是這樣用。

Take care

保重

Take care, give my love to your mother!

一切保重，也幫我向你母親問安喔！

We have the same mom.

我們的媽媽是同一位好嗎。

Take care 很常被拿來當作道別時說的話，特別是當你很久不會再見到對方時，可以這樣說再見。

track 5-10

I'm flattered

過獎了

You look absolutely amazing today!

你今天看起來很亮眼耶。

I'm flattered! Can't say the same about you though.

過獎了，只不過我沒辦法對你說出一樣的話耶。

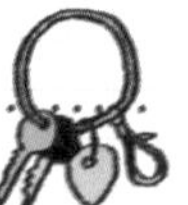

動詞 flatter 除了表示「使高興、使滿意」之外，還有「諂媚」的意思。所以，to flatter someone 就是「諂媚某個人」的意思。

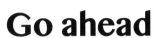

track 5-11

日常篇

Go ahead

請便

Hey, can I get a bite of your burger real quick?

嘿，我可以吃一口你的漢堡嗎？

Go ahead. I'll chop off your hands.

請便！但我會砍斷你的手。

之前聽過一個笑話，是有個老闆跟想要請假出國玩的員工說 Go ahead，然後員工就開心放假去了，但是老闆的意思其實是「去個頭」。

track 5-12

12

No wonder

難怪

Hey, check out my collection of anime figurines!

嘿！快瞧瞧我珍藏的動漫公仔！

No wonder you're still single...

難怪你還是個單身魯蛇……

這句的動詞 wonder 意思是「思索」，比如說 I wonder 就是「真好奇為什麼」。所以說 No wonder 就是「不需要思索」的事，也就是難怪啦。

track 5-13

I'm beat!

我累斃了

Oh man, I'm beat!

天啊，累死我了！

You took two steps up the stairs.

你才爬兩層階梯而已耶。

這裡的 beat 就是「被打倒」，所以 I'm beat 有一種我累到趴在地上起不來的感覺。

Hold that thought

稍等一下

Hold that thought, can I get back to you later?

稍等一下！我等會兒再回你好嗎？

Great, now I just have to wait forever.

好啊，看來我得等一輩子了。

這句話很具象化地把想法變成一個可以「握住」的東西。讓你先握住這個想法，等一下再拿出來討論。

It's up to you

Should I go to the party in this dress?

你覺得我要不要穿這件去跑趴呀？

It's up to you. Please don't ask me if you look fat.

你決定，但拜託不要問我看起來是不是很胖。

還有另外一個說法是：It's your call. 記住，這句的意思不是「有你的電話」，而是call 作為名詞，即「判決」的意思。簡單來說，就是「你自己決定」。

track 5-16

16

It's a long story

說來話長

What's wrong? Why are you crying?

怎麼了？你為什麼在哭？

It's a long story.

說來話長。

模擬一下更有畫面的使用情境；「誒你為什麼還是單身啊？」長嘆一口氣地說 it's a long story。這樣是不是更清楚怎麼來使用這句話了呢。

日常篇

就……

Shit happens! I mean... just look at your face.

人生鳥事多！就……看你的臉就知道了。

Thanks a lot.

謝謝喔。

I mean 是一個很好用的填補詞，除了說 uh, umm, err 之外，不知道該講什麼就講 I mean，爭取思考的時間吧。

track 5-18

18

I'm down!

我 OK

I heard you're having a party tonight! I'm down!

聽說你今晚要辦派對！我 OK ！

You're not invited though.

可是我沒有邀你的意思。

看到中文意思的時候不要馬上聯想到 I'm okay.，因為那通常指的是，你出了點狀況，但人沒事。I'm down 某個層面上跟 I'm in!（我要加入）有點類似。

That's it!

我受夠了

That's it. I'm out!

我受夠了。老子走人！

You can't just say that in the middle of an exam.

現在考試考到一半耶。

That's it 加上問號或是驚嘆號意思差很多喔，想知道加上問號是什麼意思，就請參考 P.082（吐槽篇）

track 5-20

20

Now we're talking

這才像話嘛

If I do all your chores, will you get me her number?

我如果幫你把家事做完的話，你會幫我跟她要電話嗎？

Now we're talking.

這才像話嘛！

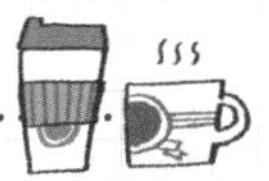

這句話常用在一個人提出很多個選擇，而你都不怎麼喜歡。但是對方提到你喜歡的選項時，你剛好非常感興趣。

track 5-21

日常篇

I'm game

我 ok

Yo we're hitting the gym, you coming with us?

我們等等要去健身房，你要一起嗎？

Alright I'm game.

好啊，我 OK。

這句話不要會錯意，不是字面上「我是個遊戲」而是「我可以跟你們一起玩」，後來才慢慢衍生為答應人的「我 OK」。

track 5-22

日常篇

Spot on

一點也沒錯

I think that new movie everyone's talking about is overrated.

我覺得大家都在討論的那部電影其實沒那麼好看。

Spot on!

一點也沒錯！

這裡的 spot 就是「點點」的意思，所以完美到一個點都沒漏掉！同義的說法，也可以說成 right on。

每日一滴

日常篇

The struggle is real

人生好難

Ugh! My phone's dying but the charger's in another room!

噢，我手機快沒電了，但充電器在另一個房間！

Yeah, the struggle is real.

是啊，你的人生真難啊。

這句話照字面翻譯是「掙扎是真的」。當你陷入兩難的時候，就可以說「The struggle is real.」來感嘆自己的無奈和窘境。

24

track 5-24

日常篇

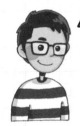

What will you do after college?

你畢業之後要做什麼？

I don't know, it's kind of up in the air.

我不知道，一切還未定。

記這句意思的要訣在於想像：當一個東西飄在空中時，方向不固定且無法預測。如果某個東西 is up in the air，就代表一切都還沒定下來、不明確。

每日一滴

日常篇

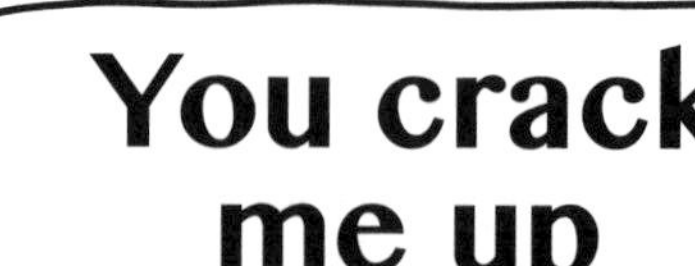

你超好笑

I'm looking good today!

我今天容光煥發。

Dude, you crack me up.

誒你超好笑。

這句的動詞 crack 是「裂開」，為什麼是好笑的意思呢？這是因為 crack someone up 的意思是讓人哈哈大笑，裂開的是嘴巴！

track 5-26

26

日常篇

No offense

無意冒犯

No offense, but you are a stupid asshole.

無意冒犯，但你真的是個混蛋。

None taken, you piece of garbage.

我不介意，因為你才是垃圾。

就個人經驗而言；雖然嘴巴上說無意冒犯，但其實心裡有一部分是認真的啦……

track 5-27

日常篇

Butthurt

玻璃心

Don't get so butthurt, it was just a joke.

不要這麼玻璃心啦，只是開開玩笑。

It might be a joke to you, but it's an insult to me.

你的開開玩笑對我來說是種侮辱。

這句字面上的意思就是「屁股受傷了」，然後不開心，同時也隱喻因為一些雞毛蒜皮的小事就不爽的人，也就是中文的玻璃心囉。

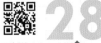

track 5-28

28

日常篇

Nailed it!

幹得好

Heard you destroyed the competition! You nailed it!

聽說你比賽大勝！幹得好！

That's right! We're gonna go to the semi-finals.

對啊！我們要去準決賽了。

這裡的 nail 不是指甲也不是釘子，而是「完美做到」的意思。更多容易會錯意的雙關語，可以到 YouTube 搜尋<阿滴英文>的「2 分鐘英語教室」。

I can't afford it

我買不起

Can you buy me a drink?

你可以請我喝一杯嗎？

Sorry I can't afford it. I'm living off $100 per day.

抱歉我買不起，我一天的預算只有 100 塊。

另一個常見的使用情境，就是小朋友吵著要買糖果玩具時。這種情況下，爸媽可以不斷重複這一句，即使絕對買得起。

Just my luck

我就是倒楣

I won the lottery today.

我今天中了樂透耶。

Just my luck! I can't even win the receipt lottery.

我就是衰洨（倒楣），連發票都沒中過。

幾年前有一部美國愛情喜劇，片名就叫作《Just My Luck》，儘管中文片名翻譯成《幸運之吻》，但這一吻可是讓女主角衰到沒天理，可見 Just my luck 並不是幸運的意思啊！

意猶未盡，還想要繼續

每天透過「每日一滴」學習英文

請追蹤阿滴英文 IG 帳號

Instagram 搜尋

@rayduenglish

www.booklife.com.tw

reader@mail.eurasian.com.tw

Happy Language 153

英語每日一滴 IG最夯，學校不教，聊天、搭訕、吐槽都有戲

作　　者／阿滴
插　　畫／Xiang
發 行 人／簡志忠
出 版 者／如何出版社有限公司
地　　址／台北市南京東路四段50號6樓之1
電　　話／（02）2579-6600・2579-8800・2570-3939
傳　　真／（02）2579-0338・2577-3220・2570-3636
總 編 輯／陳秋月
主　　編／柳怡如
專案企畫／陳怡佳
責任編輯／張雅慧
校　　對／張雅慧・柳怡如・阿滴
美術編輯／潘大智
行銷企畫／陳姵蒨・徐緯程
印務統籌／劉鳳剛・高榮祥
監　　印／高榮祥
排　　版／陳采淇
經 銷 商／叩應股份有限公司
郵撥帳號／18707239
法律顧問／圓神出版事業機構法律顧問　蕭雄淋律師
印　　刷／龍岡數位文化股份有限公司
2017年6月　初版
2022年12月　38刷

定價 320 元　ISBN 978-986-136-488-9

要喜歡英文，才能學好英文！
與人溝通時，句子說對說錯不是那麼重要，
更重要的是透過交流獲得更多知識，並且結成好友。

——《英語每日一滴》

國家圖書館出版品預行編目資料

英語每日一滴——IG最夯，學校不教，聊天、搭訕、吐槽都有戲／阿滴著. -- 初版. -- 臺北市：如何，2017.06
168面；12.8×18.6公分. --（Happy Language；153）
ISBN 978-986-136-488-9（平裝）
1.英語 2.會話

805.188　　　　106005383

English 100